SUPER UE FELT

SUPER UE

Cristina Comencini
DUE PARTITE

FELTRINELLI

© Giangiacomo Feltrinelli Editore Milano
Prima edizione nell'"Universale Economica – SUPER UE"
settembre 2006
Seconda edizione gennaio 2007

ISBN 978-88-07-84073-9

www.feltrinelli.it
Libri in uscita, interviste, reading,
commenti e percorsi di lettura.
Aggiornamenti quotidiani

ATTO PRIMO

Personaggi

Beatrice
Claudia
Gabriella
Sofia

Un salotto borghese degli anni sessanta. Un tavolo da gioco. Un divano, delle poltrone. Un carrello con le tazze da tè e i pasticcini.
Tre donne sui trentacinque anni giocano a carte. Una delle sedie è vuota, scostata dal tavolo, come se la quarta giocatrice si fosse momentaneamente assentata.

GABRIELLA (*a Claudia*) Smettila di terrorizzarla! È inutile dirle cosa l'aspetta, lo capirà da sola, com'è successo a tutte.

CLAUDIA Cosa le ho detto?

GABRIELLA "Ti sembrerà di morire e quando ti sentirai che proprio non ce la fai più, che sei morta, allora pensa che i dolori sono appena cominciati."

CLAUDIA (*giustificandosi*) Ma le ho anche detto che quando avrà il bambino tra le braccia, dimenticherà tutto.

SOFIA Io non ho dimenticato niente...

CLAUDIA E ne hai fatta una sola, io tre!

SOFIA Diciamo che non sono più venuti.

CLAUDIA Non c'è esperienza della vita che vale il bambino attaccato al seno.

GABRIELLA Ha parlato la madonna...

SOFIA   Dai, giocate, non cominciamo...

Nel salotto entra la quarta donna, incinta all'ultimo mese, va verso il divano, prende la borsetta, estrae un rossetto.

BEATRICE   Sono così carine! Sapete: giocano a essere noi, si sono vestite da donne, con le borsette, tutte e tre sedute in circolo, danno le carte, prendono il tè, parlano, fanno le signore...

GABRIELLA   Povere bambine, neanche da bambine...

CLAUDIA   A che gioco dovrebbero giocare? Tu a che gioco giocavi?

GABRIELLA   Alle signore...

CLAUDIA   E allora? Lo fanno anche loro...

GABRIELLA   Non se ne esce...

SOFIA   (*a Beatrice*) Beatrice, tocca a te!

BEATRICE   Ah, sì, scusate... (*Sedendosi al tavolo da gioco*) Come vorrei anche io una bambina! La tua, Gabriella, si è messa i tacchi alti e il rossetto, e racconta alle altre due che suo marito non c'è mai e a lei tocca fare tutto, che lui è un egoista, e che lei ha sacrificato la sua vita a lui, che ha smesso di suonare e si sente sola, così sola... Sapessi come lo dice fingendo di singhiozzare, è uno spasso tua figlia!

GABRIELLA (*balbettando*) Ma io non mi lamento mai con Sara...

CLAUDIA Ma Sara capisce...

GABRIELLA (*stizzita*) Cosa capisce?

CLAUDIA Che sei infelice...

GABRIELLA Perché, a te non capita mai di sentirti un po' sola e infelice?

CLAUDIA (*come dicesse "mai"*) Qualche volta...

BEATRICE Infatti tua figlia nel gioco è la più contenta: mentre le altre prendono il tè, lei culla i bambini e li cambia, culla i bambini, li fa mangiare e li cambia... Ogni tanto pulisce la casa.

GABRIELLA (*ridendo*) Povera Cecilia...

SOFIA Chiuso.

CLAUDIA Che fortuna!

SOFIA Voi discutete, io gioco.

GABRIELLA Già, a te non interessano questi argomenti.

SOFIA Infatti, sempre gli stessi discorsi. Tu sei piena di risentimento e Claudia ci dà lezioni di maternità perfetta.

CLAUDIA Non do lezioni ma non mi sento infelice, ho scelto di avere tre bambini, Cesare lavora,

	io li cresco, ci ritroviamo la sera e ognuno sente di aver fatto qualcosa di importante.
GABRIELLA	(*mischiando le carte*) Che quadretto fantastico! L'eterna illusione...
CLAUDIA	(*con rabbia, tendendole un mazzetto di carte*) Hai dimenticato queste!
BEATRICE	A me sembra una cosa bella, non è bello avere bambini?
GABRIELLA	Sì, è bello Beatrice, è una cosa bellissima!
CLAUDIA	(*a Gabriella*) Perché illusione? Avanti, cosa vuoi dire?
SOFIA	Basta! Vi prego, giochiamo. Le nostre bambine fanno meno chiasso di noi!

Un silenzio.

BEATRICE	Sofia, ma sai che tua figlia ti somiglia molto?
SOFIA	Non penso: Rossana assomiglia a Bruno.
GABRIELLA	Lo dici come fosse un difetto.
SOFIA	Ma figurati. È migliore di me, concreto, sa quello che vuole, non ha dubbi.
GABRIELLA	Lo descrivi come un cretino.

SOFIA   Lo ammiro invece, e spero che Rossana abbia il suo carattere piuttosto che il mio.

BEATRICE   A me, Sofia, tu sembri una donna meravigliosa, intelligente, e sei sempre elegante, io t'immagino come la protagonista di un romanzo d'amore.

SOFIA   Grazie...

GABRIELLA   Spesso si suicidano...

BEATRICE   Io non intendevo dire questo...

SOFIA   Ma io non lo farò, non ti preoccupare, non sogno un romanzo d'amore che duri tutta la vita come Gabriella, perciò non posso essere delusa. A chi tocca?

GABRIELLA   (*pesca una carta*) È vero, hai ragione, sono una pazza: voglio amare Sandro tutta la vita. Quando torna dai suoi viaggi, non gli do pace. Voglio sapere dove è stato, con chi. Mi sento così sola e nervosa quando torna a casa, più lui è dolce e gentile e più io mi innervosisco. Odio i regali che mi porta, gli leggo negli occhi solo una cosa, la voglia di fare... quello...

Il gioco si ferma per un attimo, la guardano.

SOFIA   (*a Gabriella*) Pesca!

GABRIELLA   (*pescando*) ...ma rivederlo mi mette davanti

	tutte le giornate senza di lui, le sere senza di lui in cui sento che sono nata per fare qualcosa di più che aspettare il suo ritorno... no?
SOFIA	Pesca!
GABRIELLA	...le telefonate in cui non riesco a parlargli di niente perché mi viene da piangere.
CLAUDIA	Scarta!
GABRIELLA	Ah, sì, scusate... Tutto questo mi passa davanti agli occhi quando lo rivedo. Allora sento che lui mi guarda come fossi matta e io per questo divento ancora più matta e cattiva. È così buono e gentile, quando torna. Mi porta sempre un regalo dai suoi viaggi: uno per me uno per la bambina, uno per me uno per la bambina... Ma io lo so, gli leggo negli occhi solo una cosa, la voglia di fare... quello!

Stesso effetto di prima: il gioco si ferma, la guardano.

SOFIA	Pesca!
GABRIELLA	...e alla fine litighiamo a morte per colpa mia. Ma poi, quando tra noi sembra tutto finito, e anche lui odia la vita come la odio io, allora sento di amarlo più di ogni altra cosa al mondo! Gli preparo da mangiare. Passiamo giorni perfetti... facciamo l'amore!

Le altre tirano un sospiro di sollievo.

GABRIELLA   Ma poi lui riparte e tutto ricomincia.

SOFIA   Che fatica...

BEATRICE   Ma quando si hanno dei bambini succedono tutte queste cose?

CLAUDIA   Non sempre, Beatrice, non ti preoccupare. (*A Gabriella*) Lo vedi che sei tu che la terrorizzi? La mia sarà pure un'illusione, ma è meno faticosa... chiuso!

Guarda l'orologio, fruga nella borsetta, si alza.

CLAUDIA   Scusate. Sofia, fai i conti tu, torno subito, devo dare l'antibiotico a Cecilia.

Esce.

SOFIA   Quanti punti hai?

GABRIELLA   Trenta.

SOFIA   L'hai ferita, smettila di provocarla, non sa.

GABRIELLA   Sa tutto, se no perché si sarebbe sentita ferita?

SOFIA   Che t'importa, è contenta così, lasciala in pace. (*A Beatrice*) E tu quanti ne hai?

BEATRICE   Dieci.

GABRIELLA   Deve smetterla di fingere e darci lezioni.

BEATRICE   Ma forse sono solo malignità quelle che si dicono sul matrimonio di Claudia.

GABRIELLA   Non fare sempre l'ingenua. Il marito di Claudia ha un'altra donna fissa e un'altra casa.

SOFIA   Anch'io, se è per questo...

BEATRICE   (*sorpresa, mischiando le carte*) Davvero?

GABRIELLA   Ma dai, non è la stessa cosa. Tu non hai mai amato Bruno e se non fossi rimasta incinta di Rossana, non l'avresti sposato.

BEATRICE   Ma cosa ci fai con due case?

SOFIA   In una la madre, nell'altra l'amore.

BEATRICE   Ah, ce ne vogliono due?

SOFIA   Quando sbagli tutto, sì.

GABRIELLA   Non le fare questo quadro drammatico! Non sei poi così infelice!

SOFIA   No, certo, non oggi. Oggi è il pomeriggio in cui gioco a carte, il migliore della settimana! Ci penso dalla domenica sera. Per questo vorrei giocare e smetterla di parlare!

Torna Claudia, infila la medicina nella borsetta, si siede al suo posto. Beatrice le tende il mazzo di carte.

BEATRICE   Claudia, le ho già date io per te le carte...

CLAUDIA   Brava, grazie...

Silenzio.

GABRIELLA   Cosa stanno facendo le bambine?

CLAUDIA   Ritagliano la principessa Grace di Monaco sulle riviste, le figlie, i vestiti...

GABRIELLA   Non se ne uscirà mai!

Giocano in silenzio.

BEATRICE   È un po' di giorni che non sento più muovere il bambino.

CLAUDIA   È normale, non ha più spazio.

SOFIA   Avete deciso i nomi?

BEATRICE   Carlo se è un maschietto, e Giulia se è una bambina. Vorrei tanto una bambina...

GABRIELLA   Giulia è un bel nome.

CLAUDIA   Per Cesare erano importanti solo i nomi

dei maschi. Cecilia l'ho scelto io. Ma devo ammettere che anch'io in fondo preferisco i maschi, sono così ingenui e teneri quando sono piccoli!

GABRIELLA   Povera Cecilia...

CLAUDIA   Perché dici così? Adoro Cecilia, la sento molto vicina a me, so che saremo sempre amiche. Ma l'emozione del primo maschio... Cesare era così felice!

BEATRICE   A mio marito piacerebbe molto una bambina...

CLAUDIA   Non ci credere, lo dicono ma in realtà preferiscono i maschi.

GABRIELLA   (*canticchiando*) Preferiti dalle mamme, preferiti dai papà...

SOFIA   Ma ancora dobbiamo parlare di maschi, femmine, non possiamo parlare di persone?

GABRIELLA   Hai ragione, dopotutto siamo persone... (*Guardando Claudia*) Dopotutto... In fondo sono ottimista, io penso che per le nostre figlie, per Sara, Rossana, Cecilia e anche per la piccola Giulia, se sarà femmina, sarà diverso.

SOFIA   Chiuso.

CLAUDIA   Senti, hai una fortuna sfacciata!

SOFIA   La fortuna è dalla mia parte perché l'amore mi ha abbandonato.

Un silenzio.

CLAUDIA   Ti ha lasciato?

BEATRICE   Bruno, tuo marito?

GABRIELLA   Ma che marito, dai!

SOFIA   La moglie gli ha detto che lo lasciava e lui ha lasciato me.

GABRIELLA   Quando è successo?

SOFIA   Ieri. È arrivato in ritardo, non lo fa mai perché abbiamo poco tempo – lavora molto. Avevo comprato i fiori, del salmone, c'era dello champagne gelato in frigorifero, le lenzuola di lino nel letto, anche se l'amore non lo facciamo mai lì. Non lo so, forse gli ricorda la moglie. Lo abbiamo fatto in tanti posti diversi in questi anni: sul divano, sul pavimento, in bagno...

CLAUDIA   Come sei triviale!

GABRIELLA   Tutta invidia! Lasciala raccontare!

SOFIA   Però qualche volta, dopo aver fatto l'amore, si riposa nel letto prima di tornare a lavorare – lavora molto – così avevo messo le lenzuola di lino. Mi piace che si senta a casa...

GABRIELLA   Anche un amante bisogna farlo sentire a casa? Non se ne esce...

CLAUDIA   Lo vedi che sei tu che la interrompi!

BEATRICE   Lasciatela parlare! In fondo ci sta raccontando com'è stata lasciata...

SOFIA   Si è seduto, non mi guardava, fissava un punto a terra, era pallido. Ho pensato che le due vite, il lavoro – lavora così tanto, poverino –, gli avrebbero fatto venire un infarto. Un attimo dopo, quando ha cominciato a parlare, ho pensato che l'infarto stava venendo a me. Mi sono seduta al tavolo, davanti al piatto del salmone, mi tremavano le gambe, il cuore mi batteva, mi sentivo morire. L'odore di salmone che saliva dal piatto era terribile...

BEATRICE   In gravidanza gli odori sono insopportabili...

CLAUDIA   (*a Sofia*) Perché, sei incinta?

SOFIA   Ma che incinta!

BEATRICE   No, ma io parlavo di me...

GABRIELLA   (*a Beatrice*) Ma cosa dici? (*A Sofia*) Ma l'altra volta ci hai detto che aveva deciso di separarsi.

CLAUDIA   Forse intendeva dire da lei, non dalla moglie.

GABRIELLA   Cosa ti ha detto, che la moglie se n'era accorta?

SOFIA   No, questo me lo ha detto dopo, quando gli ho tirato contro il piatto col salmone.

BEATRICE   Peccato...

Gabriella le lancia un'occhiataccia.

BEATRICE   Scusa...

GABRIELLA   Come te l'ha detto? Vorrei proprio sapere come te l'ha detto!

CLAUDIA   ...che era costretto a farlo, anche se poi lo avrebbe rimpianto tutta la vita...

SOFIA   Sì, faceva la vittima, come fossi io a lasciarlo e non lui.

GABRIELLA   (*a Claudia*) E tu come fai a saperlo?

CLAUDIA   Un bigliettino, nei pantaloni da mandare in tintoria, mio marito non ha avuto il coraggio di inviarlo alla sua amante.

BEATRICE   Oddio! Ma l'amante di Sofia è il marito di Claudia?

GABRIELLA   Ma no, Beatrice, ti prego! Sofia ha un amante e Claudia ha un marito che ha un'altra amante.

BEATRICE   Ah, meno male che non sono la stessa persona!

GABRIELLA   Meno male sì, sarebbe stata una bella sfortuna: con tutti gli amanti che ci sono in giro, proprio quei due...

Un silenzio.

SOFIA   Credi sia facile fare la donna di un uomo sposato?

CLAUDIA   E la moglie di un uomo con l'amante?

SOFIA   Mille volte ho pensato al letto in cui si addormentavano insieme, le vacanze con i bambini, il Natale, le domeniche pomeriggio. Le cene con gli amici, in cui la moglie chiacchiera con le mogli dei colleghi, di scuole e donne di servizio!

GABRIELLA   Che orrore! Hai invidiato queste cose orribili?

SOFIA   Sì, e molte altre, le più insulse, le più banali, come portare il suo nome.

CLAUDIA   Ho fantasticato mille volte sul sesso che fanno insieme. Non odoro mai le camicie da lavare per paura di vedere i loro corpi abbracciati. Penso a come lo fanno stare bene... quelle cose...

SOFIA   Per poco...

CLAUDIA Perché io non sono in grado di farle? Mi sento bella, piena di vita, eppure morta. Sì, il Natale è bello, è vero, ma dura così poco... Non posso pensare a un altro uomo, non ci riesco, non ne sono capace. Ogni figlio ha qualche cosa di lui, ma è Cecilia che gli assomiglia di più. Lo amo per via dei figli, ma anche perché mi sembra di conoscerlo bene, no? No?

GABRIELLA (*poco convinta*) Sì...

CLAUDIA No, invece! Non so niente di lui. La verità è che so fare solo la moglie.

SOFIA Io l'amante.

CLAUDIA (*con rabbia*) Perché non mi lascia?

SOFIA Perché per un uomo il sesso è meno importante del Natale. Per una donna invece è tutto. (*Un silenzio*) Appena abbiamo finito di fare l'amore, lui chiude gli occhi. Lo stringo, per qualche secondo mi appartiene. Il sesso mi lega a lui in un modo totale. Io posso farlo solo con lui e invece lui lo fa anche con la moglie e ora con altre... Ma il Natale può passarlo solo con la moglie, per questo non la lascia.

CLAUDIA L'eterna illusione...

GABRIELLA L'amore...

SOFIA La passione...

GABRIELLA   Beatrice, cos'hai? Perché piangi?

BEATRICE   (*singhiozzando*) È tutto così orribile... come faccio a fare un bambino, se penso che voi siete così infelici, che alla fine va tutto male? Io e Carlo ci addormentiamo la sera pensando al bambino, lui mi mette una mano sulla pancia e dice che saremo felici, che mi vuole bene... abbiamo comprato i mobili per la sua stanza e lui ha pensato a tutto... È preoccupato del parto, mi chiama ogni momento. Come posso pensare che poi tutto diventerà orrendo? Che forse avrò bisogno di due case, una per fare l'amore e l'altra per il bambino, o che sarò sempre sola e dovrò tormentarlo per sentire se mi ama ancora, o che avrò paura di odorare le sue camicie...

CLAUDIA   Non piangere, Beatrice, è bellissimo avere un bambino, la cosa più bella che c'è, te lo assicuro.

GABRIELLA   Un'esperienza fondamentale per ogni donna...

SOFIA   Ma certo...

CLAUDIA   (*alle altre due*) Ora siete contente?

GABRIELLA   Ah, perché tu pensi di essere stata molto incoraggiante? Pensi che se qualcuno ti avesse ascoltata, magari una delle nostre bambine, avrebbe detto "che bello sposarsi, che bello avere bambini!"? (*Fuori di sé*) Suora si sarebbe fatta piuttosto che fare la tua vita...

CLAUDIA (*si alza, in lacrime*) Vado a prendere Cecilia e me ne vado. Non mi chiamate più, mai più per giocare...

Claudia prende la borsetta, il cappotto, lo infila piangendo.

SOFIA (*a Gabriella*) Vai, su... vai da lei...

GABRIELLA No, no... lasciala andare... basta!

SOFIA Dai, Claudia... Gabriella, vai...

BEATRICE (*a Gabriella*) Non rovinate tutto...

Gabriella raggiunge Claudia e la ferma.

GABRIELLA Scusa... sono una deficiente, una completa cretina... Giudico la vita degli altri senza vedere la mia, perdonami. È che non sopporto di sentirti così arresa...

Inizia a piangere anche lei. Ora piangono tutte e due.

GABRIELLA Cesare fa quello che vuole e tu non gli dici niente... Ti voglio troppo bene! Ti conosco da così tanto tempo... da quando eravamo bambine, scusami...

Si abbracciano piangendo. Al pianto si unisce anche Beatrice. Sofia le guarda come fosse sempre la stessa storia.

SOFIA   E io vado dalle bambine, così non si spaventano...

Esce. Le altre smettono di piangere a poco a poco.

CLAUDIA   Su, Beatrice, smettila di piangere... Avere un bambino è la cosa più bella che c'è al mondo, mi credi?

BEATRICE   Eh, sì, sì...

CLAUDIA   Davvero! Anche Gabriella lo pensa, vero?

GABRIELLA   Certo... Oddio, i primi tempi si dorme poco... Raccontale tu qualcosa di bello, a te riesce meglio.

CLAUDIA   Ascolta: Cecilia era nata da poche settimane, la stavo cambiando di notte. Ero stanca perché mi ero appena addormentata e lei si era messa a piangere. Facevo tutto meccanicamente, non la guardavo. D'un tratto mi accorgo che mi sta fissando, immobile, con gli occhi sgranati. Mi sorride come una donna adulta, un'amica che mi conosce bene. Sveglio Cesare. Mi viene accanto mezzo addormentato e lei sorride anche a lui, passa con lo sguardo da me a lui, come seguisse una partita di tennis, continua a sorridere allo spettacolo: me e lui in pigiama, mezzi addormentati, con l'aria da imbecilli.

Ridono.

CLAUDIA   Gabriella, raccontale anche tu una cosa! Raccontale di quella volta nella casa al mare!

GABRIELLA   No, no, mi vergogno, per favore, dai!

CLAUDIA   Va bene, te la racconto io!

GABRIELLA   Ecco...

CLAUDIA   Lei e Sandro erano nella casa al mare e stavano facendo... quelle cose lì. Facevano tutto piano, per non svegliare la bambina che dormiva accanto a loro: baci insonorizzati, movimenti rallentati per non far cigolare il letto, un po'... all'orientale! Insomma, finiscono tutto quanto, pensavano che la bambina avesse dormito tutto il tempo e invece... Ah! Un gridolino festoso!

GABRIELLA   Sì, insomma, come se avesse voluto festeggiare l'evento, ecco...

CLAUDIA   Gli aveva dato il tempo, capito?

BEATRICE   Ma che carina...

Ridono. Rientra Sofia.

CLAUDIA   Cosa stanno facendo le bambine?

SOFIA   Giocano tranquille, sembrano noi da piccole, "prima che il letto, il coltello, l'ago di spilla e il balsamo ci inchiodassero in questa parentesi".

BEATRICE   Santo cielo! Ma chi l'ha scritta questa cosa?

SOFIA   Sylvia Plath, prima di ammazzarsi.

BEATRICE   Dio mio!

CLAUDIA   Dai, Sofia! Beatrice sta per avere un bambino, raccontale anche tu una cosa, una sola, per cui vale la pena di essere madre.

Sofia ci pensa, fuma, non le viene niente.

CLAUDIA   Una...

SOFIA   Rossana e io siamo identiche, anche se di aspetto fisico somiglia così tanto al padre. Quando la guardo, mi pare qualche volta di amare anche mio marito tanto gli rassomiglia.

Un silenzio. Le altre al tavolo riprendono a distribuire le carte.

SOFIA   Piccolina... Ha solo sette anni ma sa tutto di me. A tavola ci fissa come volesse dirci:

"So che non vi amate, vi siete sposati perché nascevo io. Fuori di qui ridete, vi vestite eleganti e andate a incontrare persone che non conosco. Mi date il bacio della buonanotte e fuggite via. Vi separate sotto casa, da buoni amici. Rientrate a notte fonda, separati, piano, come due adolescenti spettinati, i vestiti sgualciti, l'alito d'alcol, felici. La felicità si spegne sui vostri visi con il clic della luce all'ingresso, tornate a fare i genitori tesi. So tutto, ma a tavola almeno parlate un po', almeno mentre mangiamo fate finta?". Noi le rispondiamo con i rumori delle forchette, dei bicchieri, della masticazione... (*Le viene da piangere*)

Un silenzio.

SOFIA   Scusate... (*Torna al tavolo, prende le carte*) Tutto forse sarebbe andato meglio se avessi potuto lavorare, avere un'occupazione, far funzionare il cervello su altre cose. Forse avrei anche sopportato la mancanza d'amore, non sarei andata a caccia di amanti.

CLAUDIA   E i bambini a chi li avremmo lasciati, la casa e tutto il resto?

GABRIELLA   Quando è nata Sara, io non ho più potuto toccare il pianoforte. Ogni sera mi dicevo che lo avrei fatto la sera dopo, che ero stanca. Non l'ho aperto mai più. Mi fissava scuro dall'angolo del salotto, sembrava dirmi: "smettila di pensare a me, fai la madre, io ho bisogno di qualcuno che mi si dedichi totalmente, che mi ami in un modo assoluto, che sacrifichi la sua vita per me". Lo odiavo, mi sembrava un catafalco. "La musica la suona tuo marito in giro per il mondo, tu la insegnerai a tua figlia." Certo che gliela insegnerò, e se Sara avrà talento l'aiuterò a non mollare, sarà lei a riaprirlo!

CLAUDIA   Sarà difficile per lei come per te, sarà sempre così, finché si faranno bambini.

BEATRICE   Però avevi una forza quando suonavi, un'energia... Che peccato!

GABRIELLA   L'ultima volta che ho suonato, Sara era nata da un mese. L'avevo lasciata a casa con Sandro, era la prima volta. Ero così angosciata di averla dovuta lasciare. (*Una pausa, cambiando tono*) Poi me la sono dimenticata completamente. Cancellata. Suonavo e non avevo più una figlia, non ero sposata, non ero neanche una donna. Suonavo meglio di qualsiasi altra volta. D'un tratto, nel buio della sala, mi è passato davanti agli occhi il viso di Sandro: teneva in braccio la bambina, mi guardava serio. Chi sono?, ho pensato, chi sono quei due, cosa vogliono da me? Mi è sembrato di averli uccisi per tutta la durata del concerto. Com'era avvenuto? Forse succede così alle donne che uccidono i figli e non ricordano più nulla. Ho avuto una paura terribile. Non doveva più capitarmi, dovevo concentrarmi su loro, stamparmelo in testa per sempre: ero madre, quella era mia figlia.

CLAUDIA Mi succedeva una cosa del genere quando facevo ancora i viaggi con Cesare, prima della nascita del terzo, prima che lui mi tradisse. Piangevo per tutto il viaggio d'andata. Il giorno dopo mi dimenticavo completamente di loro, della casa. Cesare mi ricordava ogni tanto che forse dovevamo chiamarli. Mi sentivo così leggera, mi piaceva girare per le strade, guardare l'interno di ogni casa, sognavo di abitarci in un'altra esistenza. Immaginavo di essere una zitella cattiva con molti gatti o una ragazza con un amante diverso ogni sera. I miei bambini, i miei bambini adorati – qui mi sembrava di vivere per loro –, invece erano scomparsi. Se non c'era Cesare a riportarmi indietro, penso che sarei rimasta via per sempre. Ci credete? Io, la madre perfetta, come dite voi, ecco di cosa ero capace! Mi chiedo dove seppellivo, ogni giorno, quello che ero in quei giorni. Quando ritornavo, e li prendevo in braccio, sentivo che dovevo aggrapparmi ai loro piccoli corpi per non perdermi, altrimenti sarei stata portata via dalla corrente ovunque, senza meta.

GABRIELLA Meno male che non ci sono uomini qui, che siamo tra donne. Se qualcuno ci sentisse ci prenderebbe per delle pazze, delle assassine...

SOFIA Forse lo siamo.

CLAUDIA Ssshhh... le bambine!

SOFIA La vogliamo finire questa partita, o oggi che vinco io non vi va di giocare?

GABRIELLA Ma sì, giochiamo va', che tra poco dobbiamo andare a casa.

Beatrice ha calato la testa sulle carte, sussulta.

CLAUDIA Beatrice, che c'è, perché piangi di nuovo?

BEATRICE Non piango, ho un dolore fortissimo...

Si alzano tutte insieme.

CLAUDIA Dove?

BEATRICE (*indicandosi il ventre*) Qui...

GABRIELLA Facciamola stendere... Respira a cagnolino!

Beatrice respira ansimando. La fanno stendere sul divano.

CLAUDIA È passato?

BEATRICE Sì...

CLAUDIA È solo una primissima contrazione preparatoria... Quelle vere possono arrivare anche tra molto tempo e sono molto, molto più...

SOFIA   E dai!

GABRIELLA   (*guardando l'orologio*) Intanto cominciamo a misurare gli intervalli. Se sono regolari, allora sono doglie. Devi dirci quando ne hai un'altra.

Un silenzio. Beatrice le guarda tremante.

CLAUDIA   Senti qualcosa?

BEATRICE   No, niente... (*Speranzosa*) Dici che non tornano più?

CLAUDIA   No, no, tornano, tornano...

GABRIELLA   Intanto parla, così ti distrai.

BEATRICE   (*tremante*) Cosa vi devo dire?

CLAUDIA   Quello che vuoi. Per esempio, come vi siete conosciuti tu e Carlo, non ce l'hai mai detto?

BEATRICE   A una festa, due anni fa. Se ne stava da una parte, aveva preso un libro dalla libreria. Lui vive di libri, insegna. Ma forse era anche timido. Ho guardato la copertina, erano le poesie di Rilke. A me piacciono tanto, non ho potuto non attaccare discorso. Abbiamo parlato di altri scrittori, delle sue preferenze, delle mie. Mi era così familiare. Guardavo la mano lunga che si muoveva mentre parlava e avevo voglia di toccarla, di accarezzarla. Ho deciso che sarebbe stato mio marito.

GABRIELLA   Così, all'improvviso?

BEATRICE   Sì, anche se non gliel'ho mai detto e lui crede che sia stato lui a chiedermi di sposarlo. La mattina dopo la festa, nella cassetta delle lettere, ho trovato uno scritto di Rilke che lui aveva ricopiato per me, lo tengo sempre nella borsa, è la sua dichiarazione d'amore.

SOFIA   Molto romantico...

BEATRICE   Se volete ve lo leggo. Lo tengo sempre nel portafogli. Passami la borsa Gabriella, per favore... Ve lo voglio proprio leggere perché ne vale la pena...

Gabriella prende la borsetta di Beatrice, gliela tende. Beatrice la lascia cadere.

BEATRICE   (*tenendosi il ventre*) Aiuto, ne arriva un'altra...

GABRIELLA   Respira...

Beatrice respira a cagnolino, ma il dolore dura pochissimo.

GABRIELLA   Già finito?

CLAUDIA   Finte, sono finte, non valgono niente, non durano niente, non sono quelle vere. Quelle vere sono delle spade, delle punte...

GABRIELLA   Sono solo i dolori preparatori, c'è tutto il tempo!

SOFIA   Allora forse possiamo riprendere a giocare...

GABRIELLA   E dai! Te li diamo i soldi della vincita!

SOFIA   Cosa vuoi che m'importi dei soldi della vincita! Credi che gioco per vincere?

GABRIELLA   Io sì, non ho mai una lira mia.

CLAUDIA   Cesare e io abbiamo la firma congiunta, i suoi soldi sono anche i miei.

GABRIELLA   Lo so, Claudia, anche Sandro mi dà quello che gli chiedo, ma non è la stessa cosa. Guadagnare vuol dire che per un certo lavoro ti danno dei soldi. I soldi che vinco al gioco sono proprio miei, quelli sì, li ho guadagnati e li spendo come voglio, capito?

CLAUDIA   Capito.

Un silenzio.

SOFIA   Io gioco per non pensare, quando gioco non penso a niente.

Un silenzio.

GABRIELLA   Perché non ti separi?

La guardano ammutolite.

BEATRICE   Io vado un attimo in bagno...

Esce.

GABRIELLA   Cos'ho detto?, non è una bestemmia. Non si amano, dormono in stanze separate, la bambina ne soffre, perché non si separano?

SOFIA   Vuoi sapere perché. Ci ho pensato: perché Bruno non mi lascerebbe la bambina? Perché non ho il coraggio di far soffrire Rossana, di toglierle il padre? Oppure perché non mi darebbe una lira? Per nessuna di queste ragioni. La verità è che non ho il coraggio di dirlo a mia madre.

GABRIELLA   A tua madre?

SOFIA   Mia madre si è sacrificata per me e mio fratello e non ha lasciato mio padre, me lo ripete ogni volta che vado a pranzo da lei. Mi dice: "Sofia, tu sei come me, sei paziente e sai costruire anche sul dolore. Sei brava, sei coraggiosa – come me, aggiunge sempre – e Rossana te ne sarà grata. D'altronde puoi fare quello che vuoi". Intende dire avere degli amanti. E mi abbraccia. Quando eravamo piccoli abbracciava più volentieri mio fratello, e lui si sottraeva. Mia madre odora di acqua di colonia al mughetto, mi viene sempre da piangere tra le sue braccia. La stringo, non riesco a staccarmi. È lei che si stacca da me e ridiventa lontana, come sempre. No, non avrò mai il coraggio di dirglielo. Quando morirà mia madre, forse allora avrò il coraggio di lasciarlo, ma è longeva come tutte le donne.

Rientra Beatrice.

BEATRICE   Va meglio. Adesso mi stendo un pochino. Andate a giocare voi, su!

GABRIELLA e CLAUDIA   No, no... figurati!

BEATRICE   Ma è giovedì... non sprecatelo!

GABRIELLA   Va bene, allora magari...

CLAUDIA   Solo una partitina...

Si alzano, vanno al tavolo da gioco, iniziano una nuova partita a tre. Beatrice si stende sul divano.

GABRIELLA   Stavo pensando: come si è rispetto alle proprie madri? Si fanno le stesse cose o le cose opposte per differenziarsi, chissà. Io ho fatto tutto l'opposto. Mia madre mi spingeva a suonare, mi diceva di non sposarmi, di non fare figli. Ero la sua rivincita. Mancata.

BEATRICE   Mia madre aveva un chiosco di giornali, le piaceva molto leggere. Vendeva i giornali e leggeva i libri, i classici soprattutto. Mio padre era rappresentante farmaceutico. Lei non voleva fargli sapere dei libri che leggeva, non voleva che si sentisse inferiore. Ne parlava a me la sera e me li regalava. Si stendeva sul letto accanto a me, me li leggeva. Aveva una voce calda la mamma. Mi sembra che tutta la mia vita sia stata orientata dalle letture di mia madre. Ho conosciuto mio marito attraverso i libri. Quando tengo un libro in mano, mi sembra che mia madre sia ancora viva. Ma forse sono un'illusione anche i libri o un riparo dal dolore, eh?

Le altre giocano e non l'ascoltano.

BEATRICE   Eh?

LE ALTRE   Eh?

BEATRICE   No, niente, stavo solo pensando... Farà molto male il parto?

CLAUDIA   Be', non ti nascondo che sarà una cosa terri...

GABRIELLA   Sopportabile... lo abbiamo fatto tutte.

SOFIA E continuiamo a farlo, questo è incredibile...

CLAUDIA Pensa se nessuna più restasse incinta. Magari i bambini si svilupperebbero lo stesso nelle incubatrici, o in altri posti adatti. Quello che sarebbe perduto per sempre è che un essere umano ne contenga un altro.

GABRIELLA Quando aspettavo la bambina, non riuscivo a immaginare i tratti del suo viso, ma sentivo la presenza di un volto accanto a me. Un volto umano di cui ero totalmente responsabile, il primo.

BEATRICE Sì, anch'io lo sento accanto a me...

SOFIA L'alieno...

CLAUDIA Sentite, se fosse una cosa così importante, non l'avrebbero certo lasciata fare a noi. Guardiamoci – adesso, Beatrice, non ti mettere subito a piangere...

BEATRICE No, no...

CLAUDIA ...abbiamo studiato, Gabriella suonava, io ero bravissima in matematica, e ora queste cose cerchiamo di insegnarle ai nostri figli e cosa valiamo? Zero, meno di zero. Tu dici che per loro sarà diverso, per le bambine intendo, io dico che sarà la stessa identica cosa, che non cambierà mai...

GABRIELLA Come sei pessimista!

CLAUDIA   Realista...

BEATRICE   Eppure io penso che cambierà, forse sono un'idealista, ma penso che cambierà in meglio, che il mondo degli uomini e quello delle donne si riavvicineranno. (*Si china per prendere la borsa*) Devo assolutamente leggervi lo scritto di Rilke che Carlo mi ha ricopiato quando ci siamo conosciuti... Oddio! I dolori! Arrivano di nuovo...

Beatrice ansima, respira a cagnolino. Il dolore questa volta è lunghissimo, sembra non finire mai. Tutte le sono intorno. La contrazione finisce. Beatrice si accascia sul divano.

GABRIELLA   Questa era già più seria.

CLAUDIA   Ma niente in confronto...

BEATRICE   (*disperata*) Non ce la farò mai!

CLAUDIA   Il primo parto può durare anche venti ore...

GABRIELLA   (*interrompendola*) Ogni parto è diverso dall'altro. Certo che se la prossima è più lunga e più forte, ti portiamo in clinica.

SOFIA   (*irritata*) E va bene, abbiamo smesso di giocare. Ma io vi voglio dire una cosa, una verità. Io penso che questa cosa – sopportabile – che sta per affrontare Beatrice sia una barbarie, ora Beatrice non ti mettere a piangere...

BEATRICE   No, non piango...

SOFIA   L'abbiamo affrontata tutte... ma perché non dire che una bella scopata senza conseguenze è più piacevole?

CLAUDIA   Come sei triviale! È il punto di vista di un uomo, di un amante, non di una donna.

SOFIA   Forse, ma è superiore al nostro. È moderno, essenziale.

CLAUDIA   Troppo comodo!

SOFIA   E perché no? È molto piacevole.

BEATRICE   Guarda che io e Carlo lo volevamo un bambino!

SOFIA   Certo, Beatrice, anche loro lo volevano. Io forse meno, ma non è questo il punto. Perché si deve soffrire in questo modo, rinunciare a suonare il pianoforte, sopportare di essere tradite? Dov'è la ragione di tutto questo? Non c'è.

CLAUDIA   Sì che c'è!

SOFIA   (*in un crescendo*) No, non c'è! Noi siamo delle creature primitive, questa è la ragione. Abitiamo ancora nelle caverne. Noi non vogliamo ciò che è semplice, efficiente. No, noi amiamo le cose contorte, complicate, come il tormento che Gabriella dà a Sandro. Non possiamo diventare moderne, ha ragione Claudia. Se diventiamo moderne, smettiamo di essere donne. Ma come si può essere moderne quando l'utero si deve aprire di dieci, dodici centimetri per far passare la testa del bambino – scusa, non piangere Beatrice, è la pura verità...

BEATRICE (*sconvolta, in lacrime*) Non piango...

SOFIA Quando ti verrà da pisciare e cacare senza vergogna in faccia al dottore! Noi siamo la barbarie del mondo: facciamo l'esperienza più antica che c'è, l'unica rimasta, contenere un altro. Il latte esce dal capezzolo che è simile a quello di una capra! La mia portiera, quando ho partorito, ha chiesto a mio marito: "Ha sgravato la signora?". Noi godiamo a essere abitate da un alieno, a rinunciare al talento, alla libertà. Noi vogliamo essere legate a qualcuno anche se ci strozza. Vogliamo essere di qualcun altro. E non c'è fine, non c'è rimedio.

Un silenzio. Sono spossate come avessero di nuovo partorito tutte.

GABRIELLA Tutto questo peso eccessivo dato all'amore fin dall'inizio, fin da quando ritagliamo le figurine delle principesse di Monaco... Il malumore perché non è mai come dovrebbe essere, l'amore. Ondate di nervosismo omicida e le pasticche per calmarsi. Ma come dovrebbe essere poi quest'amore? Chi lo sa? È una malattia, non amore. Povero Sandro, non deve mai fare il primo gesto. Se tende la

	mano per accarezzarmi, io mi scanso. M'innervosisce, mi sembra finto, mi sembra che lo faccia per farmi un piacere. Mentre dovrebbe desiderarmi passionalmente, amarmi con tutto se stesso, ma senza mostrarlo troppo.
CLAUDIA	Povero Sandro...
GABRIELLA	Povero Sandro lo posso dire io, non tu! Sono una moglie fantastica, sai? Se mi sento amata, io posso fare qualsiasi cosa per lui, potrei inginocchiarmi davanti a lui, accetterei anche di essere tradita.
CLAUDIA	Non dirlo...
GABRIELLA	No, infatti, si fa per dire... Glielo taglierei piuttosto, tanto senza di me a cosa gli servirebbe? Tutto questo amore, questo amore! Possibile che non ci sia un'altra cosa al mondo che valga così tanto!
CLAUDIA	I bambini... però mi chiedo, quando saranno cresciuti, come farò a riempire le giornate?
SOFIA	Con i nipoti...
BEATRICE	Con la lettura...
GABRIELLA	Col gioco... E poi dopo aver giocato torniamo a casa, la casa vuota e buia, il pianoforte scordato, la televisione accesa. Vuota, senza figli, senza marito. I musicisti lavora-

no anche da vecchi, è una professione che fa restare giovani...

SOFIA La casa resta vuota comunque. Le donne sono longeve, gli uomini muoiono prima di noi...

CLAUDIA O se ne vanno con una più giovane.

GABRIELLA Ecco...

CLAUDIA Casa vuota in ogni caso. Dobbiamo abituarci fin d'adesso: fare degli esercizi ogni mattina quando i bambini sono a scuola. Dei vocalizzi: (*cantando*) "Sono sola, sono sola, sarò sola".

Cantano tutte e tre con lei, ridono.

BEATRICE Mia madre diceva: "Con un libro non sei mai sola".

TUTTE Eh!

CLAUDIA La mia: "Fai un figlio e sei salva".

SOFIA La mia: "Sposata, sistemata".

GABRIELLA La mia: "Uomo ricco mi ci ficco".

BEATRICE La mia: "L'amore tutto può".

CLAUDIA "Moglie e buoi dei paesi tuoi."

SOFIA   "Ha sgravato la signora?"

Ridono di nuovo.

BEATRICE   Vi prego, non fatemi ridere, mi torna il dolore.

LE ALTRE   No, per carità!

SOFIA   A proposito di madri, vi racconto questa, non ve l'ho mai detto: mia madre s'incontrava di sabato col suo amante. Mio fratello in realtà è figlio suo.

BEATRICE   No! Come in un romanzo...

CLAUDIA   (*guardando verso la quinta*) Ssshhh... le bambine!

SOFIA   L'amante di mamma, il papà di mio fratello, veniva da noi a cena la domenica. Mio padre ci scherzava, erano amici, parlavano di donne: in fondo avevano gli stessi gusti, scopavano con la stessa donna.

CLAUDIA   Come sei triviale! Vai avanti...

SOFIA   Durante la cena, l'amante di mia madre accarezzava la testa di suo figlio, gli chiedeva della scuola. Mio fratello non sapeva niente, io sì. Mia madre si era confidata con me – avevo quindici anni – e mi aveva fatto giurare di non dire niente a lui. Secondo voi perché aveva deciso di dirlo solo a me?

GABRIELLA   Perché eri sua figlia, pensava che tu avresti capito, che eri come lei. La stessa cosa che tu pensi ora di tua figlia.

SOFIA   Non se ne uscirà mai.

BEATRICE   E tuo fratello?

SOFIA   Non sa niente, adora mio padre, fanno la stessa professione, è il suo erede. L'erede maschio figlio di un altro, basta crederci.

BEATRICE   L'ha detto solo a te perché ti amava più di tutti.

SOFIA   (*scossa*) Lo credi?

BEATRICE   Sì, anche mia madre mi parlava sempre del suo dolore quando mi leggeva i libri. Sceglieva sempre quelli con i personaggi femminili disperati, che finivano suicidi, soli, o in convento...

GABRIELLA   Bell'amore...

CLAUDIA   Guai a essere più felici di loro...

GABRIELLA   Ma forse ci avrebbero volute diverse, forse te l'ha detto per metterti in guardia. Mia madre, quando le ho detto che mi sposavo, mi ha guardato con odio. Nel portafogli ha sempre e solo la mia fotografia a cinque anni, seduta al piano. Quella è sua figlia, quella bambina.

SOFIA   Mi ricordo il giorno che mi ha fatto la confessione. Non riuscivo a guardarla negli occhi, fissavo il seno che si alzava e si abbassava, le mani con gli anelli. Perché mi dava quel peso? Che cosa avevo fatto per meritarmelo? E ora io non riesco a staccarmi dal suo abbraccio, che cretina! Io mi auguro che Rossana mi abbandoni, che mi lasci in un ospizio, che sia libera di non vedermi per tutta la vita!

CLAUDIA   In caso scambiamoci l'indirizzo dell'ospizio, per giocare a carte e chiacchierare un po'...

GABRIELLA   Ci rimettiamo a giocare alle signore, a ritagliare la principessa Grace...

BEATRICE   Forse sono un'idealista, ma penso che a poco a poco tutto questo cambierà... queste cose che ci fanno soffrire così tanto, non esisteranno più. Io lo sento accanto a me il bambino, come diceva Gabriella, una cosa così, soprannaturale. E vedo mia madre che mi legge a letto. È morta. Farei qualsiasi cosa per averla vicino ora. Non si può capire una madre se non si è madri, credo. Ma lei se n'è andata troppo presto. È stata infelice, mio padre non la capiva, diceva che non aveva il senso della realtà... Non l'aveva infatti, i ragazzini le rubavano i giornaletti mentre lei si distraeva a leggere. (*Una pausa*) Si è uccisa pochi anni dopo che sono andata via di casa. Al telefono mi parlava sempre del silenzio, il silenzio che la circondava...

Un silenzio.

GABRIELLA Io lo sento già ora quel silenzio, a volte, la sera, anche se Sandro è in casa... un silenzio che annienta, come se tutto l'amore del mondo fosse spento. Solo in gravidanza taceva. Per questo continuiamo a farli...

BEATRICE (*chinandosi a prendere la borsetta*) Devo assolutamente leggervi lo scritto di Rilke che mi ha ricopiato Carlo... I dolori! Arrivano! Eccoli! Eccoli! Troppo male! Aiuto!

Beatrice urla.

GABRIELLA Vado dalle bambine, se no si spaventano...

Esce.

CLAUDIA Io vado a chiamare Carlo...

Esce. Beatrice urla sempre più forte.

BEATRICE Non ce la faccio! Muoio!

SOFIA Non urlare, Beatrice... Poi passa... Respira, respira, respira...

Sipario

ATTO SECONDO

Personaggi

Cecilia figlia di Claudia
Rossana figlia di Sofia
Sara figlia di Gabriella
Giulia figlia di Beatrice

La stessa casa del primo atto, trent'anni dopo. Spoglia e con i mobili coperti da teli bianchi. Il tavolo e le quattro sedie sono le stesse dell'atto precedente.

Lo squillo di un telefonino a sipario chiuso. Udiamo la voce di Rossana che cerca affannosamente il telefono nella borsa. Risponde.
Si apre il sipario. Rossana è sola nel salotto, passeggia e parla al telefonino.

ROSSANA   Dagli un appuntamento domani. Alle sette? Ma io e Saverio volevamo partire per il weekend! Va bene, Saverio capirà, in fondo è lui che me lo ha mandato. No, oggi non vengo: il funerale, sì, la mia amica, quella che ha perso la madre. Adesso ti devo lasciare, ciao, chiamami solo se ci sono urgenze.

Riattacca, guarda verso la quinta, poi digita veloce un numero. Aspetta.

ROSSANA   Saverio, stai visitando? Sì, siamo qui da Giulia. Sconvolta. No, non vogliamo lasciarla sola. Senti, quel tuo paziente posso vederlo solo alle sette di domani. Prima non posso.

Nella stanza entra Cecilia.

ROSSANA   Lo so che vuoi partire, ma non mi hai detto che era urgente? E dai, partiremo dopo. A che ora torni stasera? Mi raccomando fai piano quando vieni a letto, non mi svegliare. Ciao.

Rossana chiude, va verso Cecilia.

ROSSANA   (*come scusandosi della telefonata*) Abbiamo i turni sfalsati in ospedale, non ci vediamo da tre giorni. Giulia riposa?

CECILIA   Ci prova. Che cosa terribile.

ROSSANA   Terribile.

CECILIA   Tua madre non è venuta al funerale?

ROSSANA   Non ho avuto il coraggio di dirglielo. Comunque l'avrebbe dimenticato un attimo dopo, ha l'Alzheimer.

CECILIA   Ah, già!

ROSSANA   La farei soffrire inutilmente. (*Guardando il tavolo da gioco vuoto*) Erano così unite, si vedevano tutte le settimane per giocare.

CECILIA   Noi anche.

ROSSANA Già... Ti ricordi, ritagliavamo il guardaroba delle figlie della principessa Grace...

CECILIA Che brutta fine...

ROSSANA Noi?

CECILIA Le figlie della principessa Grace...

ROSSANA Ah... E con Sara vi vedete spesso?

CECILIA Fra un suo viaggio e l'altro. Io ora sono molto libera.

ROSSANA Già, hai lasciato il lavoro.

CECILIA Per un anno. Mi sono detta, ora o mai più. Il riposo è molto importante, sai.

ROSSANA (*cercando di cambiare discorso*) Che dici, ci possiamo sedere?

Si siedono sul divano.

CECILIA Ma il lavoro non mi manca per niente.

ROSSANA Non riesco a immaginarlo.

CECILIA Ho tanto da fare, sai, vedo gli amici, faccio torte, metto a posto i cassetti...

ROSSANA I cassetti?

CECILIA Mia madre diceva che in una casa c'è sempre un cassetto da mettere in ordine... È bello stare a casa, sai.

ROSSANA   Perché sai che è per un anno.

CECILIA   Forse. Pensa, alla mia età mia madre aveva già tre figli, fortunata!

ROSSANA   Però tuo padre la rendeva molto infelice...

CECILIA   Pensi?

ROSSANA   Non lo so, ce lo hai detto tu che l'ha tradita tutta la vita.

CECILIA   Però era così felice di stare con noi! Quando ci veniva a prendere alle attività, cantavamo in macchina, nel traffico, per far passare il tempo. Era così allegra! Quando doveva partire con papà, piangeva, piangeva, non voleva lasciarci. E tutti i giorni che era fuori, io pensavo a come avrebbe pianto per tutta la vacanza, a come le saremmo mancati!

ROSSANA   Magari se ne fregava, come la mia che non vedeva l'ora di uscire col suo amante. Mangiavamo alle sette, era sempre incazzata. Ora è malata e non posso più rimproverarle niente.

CECILIA   Se solo mi riuscisse questa volta.

ROSSANA   (*rassegnata*) Quante volte ci hai provato?

CECILIA   Quattro, questa è l'ultima. Se non riesce,

non posso neanche adottarlo, a una donna sola non lo danno. E tu, non ne vuoi fare?

ROSSANA (*come fosse un argomento di poca importanza*) Ci abbiamo pensato vagamente, qualche anno fa. Ora lavoriamo così tanto tutti e due. Te l'ho detto, abbiamo i turni sfalsati. (*Una pausa*) Non sai quante malattie del sangue girano, curo tanti bambini. Meglio così.

CECILIA (*andandole vicino*) Mi hanno imbottito di punture di ormoni sulla pancia...

ROSSANA Forse è la volta buona...

CECILIA Mi vedi cambiata?

ROSSANA I baffi? Ti stanno bene!

CECILIA Dai! Viso gonfio, occhio dilatato, occhiaie, ho preso un chilo sai... Però dicono che non sono cose necessarie. Ad alcune non succede niente e sono incinte. Altre lo sognano di notte e restano incinte...

ROSSANA Come la madonna!

CECILIA Eh... Io lo sogno di notte il bambino. Mi pare di vedere il suo viso... e poi vado dal medico, a Londra, e non è successo niente. Sto spendendo un sacco di soldi. (*Si tocca il seno, poi delusa*) Il seno non mi si è gonfiato neanche un po', quello dicono tutte che deve succedere per forza.

Come un tornado entra in scena Sara, con le valigie, il cappotto, gli occhiali da sole. Si toglie tutto parlando, bacia le amiche.

SARA   Ciao. Ho fatto tardi, non sono riuscita a venire al funerale, non sono passata da casa. Ora Mario chi lo sente... (*Fruga nella tasca*) E il cellulare? Oddio, non vedo niente.

ROSSANA   Gli occhiali!

SARA   (*togliendosi gli occhiali*) Che stupida! (*Ad alta voce, come ricordandosi in quel momento*) E Giulia?

ROSSANA   Ssshhh... Riposa.

SARA   Oh, scusate... Dio, che cosa terribile... ma aveva una malattia o qualcosa del genere?

CECILIA   No, stava benissimo.

Squilla il telefonino di Sara, un pezzo di sonata per pianoforte. Lei guarda lo schermo.

SARA   Mario... Scusate, se non rispondo chiama l'obitorio dell'aeroporto. (*Al telefono*) Pronto, Mario, ciao, no, non sono riuscita a passare da casa, non facevo in tempo. Sì, l'aereo ha avuto un po' di ritardo...

CECILIA   (*a Rossana*) Mario è un uomo d'oro...

SARA (*al telefonino*) Grazie, amore, sto bene. No, non sono troppo stanca, davvero possiamo uscire stasera se vuoi. No, te lo giuro, non sto facendo i complimenti. Sì, allora torno alle otto. Va bene, alle sette. (*Con una rabbia improvvisa*) Alle sei non ce la faccio, Mario, sono appena arrivata!

Le altre due si scambiano un'occhiata.

SARA (*al telefonino*) Ci vediamo stasera e ne parliamo. Ora stacco il telefono, va bene? Va bene, non lo stacco, ma non mi chiamare! Mario sono qui, non mi succede niente, sono ferma qui, non mi muovo. Ciao, amore.

Chiude il telefonino. Si volta verso le altre due.

SARA Dio, che angoscia! Ogni volta che torno da un viaggio è così. Lui rientra prima dal lavoro, mi aspetta. Ha fatto la spesa, ha detto alla donna cosa deve preparare. Mi ha comprato un regalo, i fiori, il vino. Tutta la casa è perfetta. È così buono, così caro, così amorevole. Non vuole che io faccia niente. Mi dice: "Siediti, hai lavorato, sei stanca. Penso a tutto io".

ROSSANA Un uomo d'oro.

SARA Già, ma più lui fa così, più lo tratto male. Mi sembra di impazzire. Sto seriamente pensando di fargli fare un figlio, così almeno avrà qualcuno di cui occuparsi.

ROSSANA Ma non lavora?

SARA Sì, diciamo che lavora, con i tempi delle orchestre italiane. Io mi ammazzo di concerti e lui ha un sacco di tempo libero.

CECILIA Si sentirà un po' frustrato, poverino...

SARA Ma sarebbe meglio parlarne, sarebbe meglio mi odiasse, invece mi ama. Quando ci mettiamo a letto, si avvicina piano piano, mi chiede educato se non sono troppo stanca per fare l'amore. Ma che si fa così? Ma un po' di energia ci vuole, un po' di virilità è necessaria per...

CECILIA Ssshhh... Forse si è addormentata.

SARA Ah, sì, scusate!

CECILIA Ha pianto sempre.

Un silenzio.

SARA Ma la nonna non si era suicidata anche lei?

CECILIA Sì, più o meno alla stessa età.

SARA Ma da una madre si può ereditare pure il suicidio?

ROSSANA Sindrome imitativa... Non ci voglio pensare.

CECILIA Giulia ci penserà, quando il dolore sarà meno forte, anche se è così diversa da sua madre.

SARA E quel suo "fidanzato" come si è comportato?

CECILIA Le è stato molto vicino, ora è andato a lavorare...

SARA Ma la sposasse! Giulia glielo ha chiesto tante di quelle volte. E lui: "Ci devo pensare, non stiamo bene anche così?". A cosa deve pensare, coglione, ha quarant'anni, dove la trova una come Giulia!

CECILIA Le consiglierei di non insistere, i miei ultimi "fidanzati"... scomparsi.

Rossana e Sara si lanciano uno sguardo.

ROSSANA Be', ma tu li ammorbi tutti con la faccenda del figlio...

CECILIA Vi giuro di no, mai parlato di un figlio! Avevo solo chiesto se potevamo almeno cominciare, vagamente, a pensare di vivere insieme... scomparsi.

Entra Giulia, si alzano tutte e tre, le vanno incontro.

GIULIA   Sara, sei arrivata!

Giulia e Sara si abbracciano.

SARA   Giulia, come stai?

CECILIA   Vado a prendere il tè di là, è tutto pronto...

Cecilia esce. Si siedono al tavolo.

ROSSANA   Sei riuscita a dormire un po'?

GIULIA   Non ci riesco. Penso sempre all'ultima volta che l'ho vista. Alla casa... (*Le viene da piangere*) Le luci spente, mio padre chiuso nel suo studio e lei seduta in salotto, mi aspettava. Mi aspettava sempre, e io non riuscivo ad andarci. Certi giorni l'avvisavo anche all'ultimo momento: il mio capo, quello stronzo, non se ne andava mai, non c'era niente da fare in ufficio, ma lui non se ne andava. E lei sicuramente aveva preparato anche il dolce...

SARA   Non sei colpevole, Giulia. Il lavoro è per tutti così. Riesco a vedere mia madre una volta al mese e le devo tutto quello che sono. Mi ha insegnato a suonare e io non ho tempo di andare a trovarla. Però so che sta con mio padre, che si tengono compagnia. Anche tua madre, non era mica sola, no?

GIULIA Infatti glielo dicevo al telefono: "Mamma, ma non sei sola, c'è papà, perché ti senti così sola?".

SARA E lei?

GIULIA Niente, mi diceva di non preoccuparmi, che andava tutto bene, che la torta l'avrebbe mangiata con lui.

ROSSANA Ma è stato un matrimonio felice, no?

GIULIA Non lo so... Papà parlava così poco. Le scriveva dei messaggi, delle lettere. Diceva che gli era più facile scrivere che parlare. Le scriveva delle cose bellissime... ma non le è bastato.

ROSSANA Scrivere è una cosa, vivere è un'altra.

GIULIA Cosa vuoi dire?

ROSSANA No, niente... si amavano, scopavano?

CECILIA Rossana, sei pazza!

Cecilia torna con il vassoio del tè.

GIULIA No, ci ho pensato anche io, sai... Lui era sempre gentile con lei, la baciava sulla guancia al mattino, le parlava sempre con calma, di libri, di tante cose, ma non ho mai avuto l'idea che scopassero, neanche tanto da bambina, anche se mi sembravano innamorati.

ROSSANA   I miei dopo che sono nata io non l'hanno più fatto.

SARA   I miei in genere dopo aver litigato si chiudevano in stanza.

ROSSANA   Mia madre scopava molto fuori casa.

CECILIA   Anche mio padre.

GIULIA   Quando andavo a trovarla, lei era piena di gioia, mi stringeva. Si era vestita tutta elegante. Certe volte mi sembrava di essere io il suo innamorato. Si era scritta la lista delle cose da chiedermi, per non dimenticare niente, per approfittare dei momenti che ero lì. La sentivo piangere dietro la porta quando me ne andavo. Ma non è una cosa normale, non è una cosa normale tutto questo amore, tutto su di me. Almeno se avesse fatto altri figli, ma non sono venuti.

CECILIA   A me non ne viene neanche uno, finirò sotto i ponti...

ROSSANA   Bisognerà avere una buona assistenza privata, dei badanti.

CECILIA   Ora che non lavoro, vado più spesso da mia madre. Ma lei non ha mai tempo, sta tutto il giorno a chattare sul computer. Dovete vedere com'è veloce, ha un sacco di amici, s'inventa una vita diversa con ognuno. Racconta un sacco di balle: che ha vent'anni, lavora in banca, dà consigli sugli investimenti; a un altro ha detto che è un travestito, che cambia uomo ogni sera, ma che il suo amore vero è un piccolo caimano che alleva nella vasca da bagno.

ROSSANA Ma è sempre stata così pazza?

CECILIA Ma che! Una donna normalissima, una madre, (*sospirando*) beata lei... Dice che finalmente può vivere tutte le vite che vuole. Papà pensa che un giorno darà un appuntamento a qualcuno e la troviamo morta per strada.

SARA I miei sono andati a vivere fuori. Mio padre qualche volta suona ancora, mia madre si occupa di lui. Le ho chiesto se dopo tutta la vita passata a litigare e rappacificarsi, avevano trovato infine la pace. Mi ha risposto: "La pace è la morte, e noi per fortuna siamo ancora vivi".

Rossana e Cecilia le fanno cenno di tacere, guardano Giulia.

GIULIA Non sai come ha ragione...

SARA Oddio, scusa Giulia, non ci ho pensato...

ROSSANA E quando mai...

SARA Cosa vuoi dire?

ROSSANA   Un po' di sensibilità, ma per una primadonna è difficile.

CECILIA   (*indicando Giulia*) Su, smettetela...

GIULIA   No, lasciale parlare, almeno mi distraggo.

SARA   Vuoi dire che sono egoista?

ROSSANA   No...

SARA   Ma dillo, se lo pensi...

ROSSANA   E chi ti vede mai... Stai sempre fuori a suonare. (*Una pausa*) Mi fa pena tuo marito, questo sì.

Un silenzio.

SARA   E il tuo allora, poveraccio, che deve aspettare di andare nella casa al mare, nei weekend, per fare l'amore?

ROSSANA   Chi te lo ha detto?

SARA   È il mio ginecologo, no?

ROSSANA   E mentre ti visita vi mettete a parlare della nostra vita sessuale?

SARA   Ma no, figurati... Una volta mi ha solo chiesto perché non facevo un bambino, se mi mancava. E lui mi ha detto che ci pensava sempre a fare un bambino...

CECILIA   Poverino, come lo capisco...

SARA   Ma che tu non ne avevi voglia, che non riuscivate a vedervi neanche la sera...

CECILIA   Hanno i turni sfalsati...

SARA   E che dovevate andare nella casa al mare per fare l'amore...

GIULIA   Praticamente hanno bisogno di due case, una per dormire e una per fare l'amore...

CECILIA   Che situazione particolare...

GIULIA   Mica tanto... Perché pensi che Marco non voglia sposarmi?

CECILIA   Be', i miei fidanzati mi dicevano: "Perché è una grande responsabilità che va presa con calma, bisogna pensarci bene, poi nascono i figli, pensa a quanti si dividono, non vorrai farli soffrire". Ma chi devo far soffrire se qui non c'è proprio nessuno, né uno straccio di padre, né un bambino intero perché le statistiche dicono che ne facciamo mezzo a testa...

GIULIA   Marco non accetta mai di fare l'amore da me, dice che gli fa impressione, che tutti i miei oggetti in giro gli mettono il panico, gli sembra di scopare con sua sorella. Dobbiamo sempre andare da lui, il sabato sera, dopo aver cenato in un certo ristorante, mi devo vestire elegante come le prime volte che uscivamo insieme. Ha comprato i fiori, il letto è perfetto, sul comodino opposto al suo non c'è rigorosamente niente, come fosse quello di un albergo. E lì funziona, funziona piuttosto bene. Poi però, prima di uscire, devo raccogliere tutti i miei oggetti, perché so che gli danno fastidio se li lascio in giro...

CECILIA   Che fatica!

ROSSANA   Sì, nella casa al mare è tutto più facile. Chiudiamo i telefonini, i pazienti sanno che non siamo raggiungibili. Io mi metto in cucina, Saverio legge il giornale, gli servo da bere, apparecchio, lui viene a mangiare e dice che è tutto buonissimo. Quando abbiamo finito, vorrebbe aiutarmi, ma io gli dico: "No, vai di là a fumare il tuo sigaro". Sparecchio, lavo i piatti, metto tutto a posto, anche se so che l'indomani verrà la donna. Ma a Saverio piacciono i rumori dei piatti in cucina, lo eccitano molto... qualche volta li esagero per farglieli sentire... Anche a me eccita vederlo seduto in poltrona con il sigaro acceso, mentre vado e vengo dalla cucina al salotto per mettere tutto a posto... Mi piace sentire il suo sguardo su di me quando mi chino, sulle mie gambe... Tira lunghe boccate dal sigaro... Poi lentamente lo spegne, lo schiaccia nel posacenere, si alza, mi toglie i piatti dalle mani, li appoggia sul tavolo... Qualche volta non riusciamo ad arrivare al letto!

SARA   Che meraviglia! No, no, invece di fargli fare un bambino, io prendo una bella casa al mare! Magari in un'altra casa Mario riuscirebbe a non chiedermi se sono troppo stanca per fare l'amore, potrebbe anche avere un raptus...

CECILIA   A me non me ne frega più niente di scopare così, senza scopo, senza costruire niente! Scopare, scopare! Voglio un bambino! Non scopo da mesi, non me ne importa niente!

ROSSANA   Guarda che se l'inseminazione è riuscita, è come se avessi scopato.

CECILIA   Non proprio: è come se lui, alto, bruno, 1.85, spalle larghe, fianchi stretti, occhi neri...

SARA   Lo conosci?

CECILIA   No, ti danno una scheda. È più come se lui si fosse fatto una sega guardando una strafica nuda sulla rivista che gli danno insieme alla provetta.

ROSSANA   O uno strafico nudo, che ne sai?

Un silenzio.

CECILIA   Be', questo un po' mi turberebbe...

GIULIA   Lo vuoi così tanto il bambino?

CECILIA   Perché, voi no?

Un silenzio.

ROSSANA   Mia madre ha un fratello che si è sposato con una ragazza che ha trent'anni di meno, hanno fatto due bambini...

CECILIA   Per gli uomini è tutto facile...

ROSSANA   Mia madre ha l'Alzheimer, capisce poco, ma le piacciono molto questi bambini del fratello, forse perché io sono figlia unica e non ne ho fatti. Gli dà le caramelle. Alla fine della visita, appena sono usciti dalla stanza, mi sussurra sempre la stessa cosa: "Quello non è il vero padre dei bambini, fa finta, è un bugiardo". Ho cercato di capire, ma è inutile. "Lo so io, lo so io," ripete come una matta. Forse è una fissazione, o forse anche la ragazza ha fatto l'inseminazione, magari perché lui è sterile, chissà... Così alla fine, vedi, nessuno sa più niente di chi sia il padre di chi.

GIULIA   Be', ma almeno l'ha fatto con un uomo accanto.

Cecilia la guarda.

GIULIA   Scusa, io non so se riuscirei a fare un bambino senza un uomo.

SARA   Neanch'io. Ma Mario è troppo debole, non glielo lascerei mai, ha paura di tutto: delle malattie, ha paura che io muoia, che cada l'aereo, ha paura che entrino i ladri in casa e ci ammazzino. Come potrebbe dare la forza a un figlio, se non la dà neanche a me?

Squilla il telefonino di Sara, la solita sonata. Lei guarda lo schermo.

SARA   Eccolo...

Si apparta in un angolo, le altre ascoltano.

SARA   (*al telefonino*) Pronto, Mario... ti avevo detto di non chiamarmi... Sì, sono ancora qui... Non lo so, non è passata neanche una mezz'ora, cosa ti devo dire, i minuti? Ti chiamo quando esco da qui, va bene? Mario, scusa, possiamo deciderlo stasera se uscire o no? Ti prego, Mario, non fare così! Ti prego, non mi chiamare più!

Sara chiude il telefonino.

SARA   Io lo spengo, penserà che sono morta, fa niente!

Squilla il telefonino di Rossana, lei lo tira fuori dalla borsa, guarda lo schermo, risponde.

ROSSANA   Saverio... No, non posso dargli un appuntamento prima, te l'ho detto, non posso! Però partiamo, partiamo, te lo assicuro, arriviamo solo un po' più tardi... (*Abbassa il tono della voce*) Lo so che per te è importante, lo so che ci tieni a mangiare a casa... Faccio la spesa, cucino... non ti preoccupare, come al solito... Ciao, stai tranquillo!

Chiude il telefonino. Le altre la guardano.

ROSSANA   Gli uomini sono diventati così apprensivi!

SARA   Ma sarà colpa nostra... Forse Mario dovrebbe lasciarmi, dovrebbe trovare una ragazza più giovane che lo rassicuri...

GIULIA   Ma sì, scriverle delle lettere appassionate, farla rinunciare al lavoro, farle fare dei bambini e poi farla morire di solitudine.

CECILIA   Dai, Giulia, non fare così...

GIULIA   Io non posso più incontrarlo mio padre. Mi guarda senza dirmi niente, non una spiegazione. Gli ho chiesto: "Papà, come hai fatto a dormirle accanto tutta la notte, e non accorgerti che era morta?". Mi ha risposto che mamma ha sempre respirato leggermente e non si muoveva quasi nel sonno, così per lui era una notte come le altre. (*Piange*) Ho trovato nel cassetto del comodino di mamma uno scritto meraviglioso di papà... (*Lo tira fuori dalla tasca*) Non so quando glielo abbia scritto, non so niente!

CECILIA   Vuoi leggercelo, ti fa piacere?

GIULIA   Non ci riesco... Ma com'è possibile, com'è possibile che vada a finire sempre tutto male...

ROSSANA   Io ti capisco Giulia, dopo quello che è successo... ma non è sempre così, no? (*Guardando le altre*) Ditele qualcosa anche voi... Non è sempre così!

SARA   Certo che no... In fondo io e Mario ci vogliamo un bene dell'anima, ci capiamo al volo. Lui sa come mi deve prendere il giorno prima del concerto e io lo faccio esercitare davanti a me prima del suo. Andiamo d'accordo, ci conosciamo così bene, parliamo di tutto, come fossimo cresciuti insieme, come fossimo...

GIULIA   ...fratello e sorella, direbbe Marco: l'orrore! Il giorno che andiamo da lui per fare l'amore – io l'ho capito, sapete – non può sentirmi troppo vicina, troppo familiare. Lo disturbano i miei oggetti, se vedesse il mio spazzolino, un assorbente, la camicia da notte che uso ogni giorno, gli farebbe impressione, non ci riuscirebbe...

ROSSANA   Una volta Saverio è venuto a trovarmi all'istituto. Non lo sapevo, non l'avevo visto arrivare. Parlavo con i colleghi, ci stavamo lasciando le consegne. Poi mi sono accorta di lui: mi stava osservando dietro il vetro, gli sono andata incontro. Mi ha detto: "Mi ha fatto impressione come parlavi, sembravi un uomo".

SARA   Anche a me, quando suono bene, per farmi un complimento, mi dicono che ho proprio il tocco di un uomo!

ROSSANA   Ho pianto tutta la notte. E mi è venuto un desiderio terribile di fare un bambino. Volevo essere incinta, volevo essere diversa da lui, contenere un piccolo suo... Da allora ci ho provato senza dirglielo. Lui non lo sa, Sara, pensa che non lo voglio fare, ma è solo che... Ora che lo voglio così tanto, il bambino non viene più...

CECILIA   Ma io ti posso aiutare, ho tutti gli indirizzi, so tutto...

ROSSANA   No, preferisco che lui pensi che sia io a non volerlo. Non mi va di passare attraverso tutta quella trafila, le iniezioni sulla pancia, le sue seghe... Non mi sento capace di adottarne uno. Curo i bambini degli altri. Ne ho uno adesso in corsia che mi piace molto, si è affezionato a me. L'ho sognato questa notte: si infilava nel mio letto, lo tenevo al caldo accanto a me. Mi sono svegliata con un cuscino sulla pancia, in lacrime.

CECILIA   Allora, scusate, ma la pazza non sono io...

SARA   Mia madre mi ha sempre detto che se volevo suonare non dovevo sposarmi, non dovevo fare figli. Ma poi come farei? Non potrei crescerli, non ci sono mai. Dovrei smettere di suonare per un po', uscire dal giro... Forse non mi chiamerebbero più, chi lo sa? (*A Cecilia*) E tu come pensi di fare, sei anche sola...

CECILIA   Ah, ma gli uomini adorano le donne con figli...

ROSSANA   Ma non dire cretinate!

CECILIA   Te lo giuro, è statistica: se se li trovano già fatti, gli piacciono molto. Non dico che ti sposano, questo no, ma nel weekend fanno un po' il papà, meglio di niente.

ROSSANA   (*a Sara*) Tu dovresti provarci, Sara, magari ti viene ancora. Hai anche Mario che te lo tiene...

SARA   Sì, così quando torno li trovo in lacrime, avvinghiati l'uno all'altro nel lettone! Te li immagini i sensi di colpa: mi aspettano sulla porta in due, ogni albergo una telefonata, manda il bacino alla mamma, torna presto, il bambino ti pensa tanto... E dopo devo anche suonare, ma come faccio?

ROSSANA   Ma non si può finire a piangere abbracciate al cuscino...

CECILIA   Sentite, io ho altre sei eiaculazioni del mio bruno alto 1.85...

Tutte la guardano come fosse matta.

ROSSANA   E che vogliamo fare tutti fratelli?

CECILIA   Almeno non sono figli unici, e poi ce li teniamo a vicenda, per esclusione conosciamo i difetti di carattere del padre, sappiamo come prenderli...

Un silenzio.

ROSSANA   Ma come ci siamo ridotte così?

SARA   Perché non vogliamo più procreare, come dicono i preti.

GIULIA   Mia madre andava a parlare con un prete, gli ultimi mesi prima di morire. Non mi ha chiamato, non mi ha detto niente di come stava! L'ho conosciuto al funerale.

CECILIA   La predica in chiesa è stata un po' dura...

GIULIA   Almeno le hanno fatto il funerale. Lei ci teneva alla religione, per questo ho lasciato perdere...

SARA   Cos'ha detto il prete?

CECILIA   Che una donna è per vocazione più vicina alla vita che alla morte, che la sua mamma ha commesso una grave colpa, in un momento di debolezza.

GIULIA Colpa? Quale colpa! Colpa di chi l'ha lasciata sola, di chi le ha fatto pensare che con me e papà aveva una vita piena! Io non lo faccio un figlio, alla faccia dei preti! Se fosse una cosa così importante dedicare la propria vita a un bambino, a un uomo, non si sarebbe ammazzata, si è sentita di non valere nulla, nulla per nessuno! I preti sono gli ultimi che possono capire una donna...

CECILIA A loro effettivamente piacciono solo le madri e le suore...

ROSSANA Voi vi capite?

SARA Io di me niente... Anche Mario, poverino, non so come faccia.

CECILIA Una cosa di me io invece l'ho capita.

ROSSANA Che vuoi un bambino, questo l'abbiamo capito anche noi!

CECILIA No, quello è venuto dopo. Ero rimasta sola, senza neanche un fidanzato. Nella mia casetta, con il mio lavoro, un po' di soldi da parte, le mie amiche, mia madre e mio padre... Sola in sostanza, completamente sola. Avrei potuto aggiungere altre mille cose, comprarmi un'altra casa, un cane, realizzare la più formidabile delle carriere come avvocato, sempre mi sarebbe mancato un altro io, cioè il tu per cui mi sento di essere nata.

GIULIA   Un bambino, un uomo, un marito, un amante, non sei così originale...

CECILIA   No, ti sbagli, nessuno da usare come compagnia. Qualcuno a cui dedicarmi... A cui dedicare la mia intelligenza, le mie capacità.

SARA   Ogni volta che entro nella sala del concerto, saluto, mi siedo, calano le luci e nel buio vedo il volto di qualcuno che mi guarda... Non ha lineamenti precisi, non è né uomo né donna, solo un volto che ascolta la mia musica...

GIULIA   Mia madre mi parlava sempre di quando mi aspettava. La sera si addormentava con l'idea precisa che già aveva di me. Mi diceva che sentiva che il suo tempo aveva uno scopo e il suo corpo serviva a qualcuno.

ROSSANA   Per questo mi piace fare il medico. Sei autorizzato a toccare il corpo dell'altro, a conoscerlo a fondo... Senti il cuore che batte, il sangue che pulsa, la febbre, il freddo, guardi nella bocca aperta... metti l'orecchio sul petto d'un bambino, il cuore gli batte così veloce per la paura, ti guarda severamente: "Non giocare con me," ti dice con lo sguardo, "sono una cosa seria". Certe volte, quando torno a casa all'alba, dopo il turno di notte, Saverio è ancora addormentato, io vorrei abbracciarlo, toccarlo, senza che si svegli, senza che tra noi riprenda sempre quella stessa cosa...

CECILIA　　Quella che funziona solo nella casa al mare?

ROSSANA　　Sì, o al contrario la paura che mi veda troppo decisa, forte, come quella volta attraverso il vetro...

GIULIA　　O troppo familiare...

SARA　　O irraggiungibile. Non se ne esce.

CECILIA　　Sapete, io penso che dobbiamo rassegnarci, siamo donne dopotutto.

ROSSANA　　Sì, dopotutto.

CECILIA　　E dunque dobbiamo essere elastiche: saper fare un po' di tutto, fingere di non saper fare niente, dedicarci completamente a qualcuno, farne a meno, lavorare, farne a meno, essere belle, brutte, vecchie, giovani, sole...

GIULIA　　Se non ce la fai, ti puoi sempre ammazzare...

ROSSANA　　Dai, Giulia! Cosa credi, che tua madre si sia ammazzata perché si sentiva sola? Non è per questo... E ora non metterti a piangere...

GIULIA　　No, non piango...

ROSSANA　　Nessuna di loro ha mai lavorato. Si vedevano una volta alla settimana, giocavano a carte, si raccontavano quanto fossero infelici...

CECILIA   Mia madre era piuttosto contenta, veramente...

ROSSANA   Dio mio, Cecilia, dai! È molto più contenta ora che è libera di allevare caimani!

CECILIA   Se lo inventa, mica è vero... Mio padre non glielo permetterebbe mai.

ROSSANA   Ecco, appunto. Permetterebbe, non permetterebbe. Noi facciamo quello che vogliamo, nel bene e nel male, loro potevano al massimo decidere il nome dei figli!

CECILIA   Il mio l'ha scelto mio padre...

ROSSANA   Neanche quello...

SARA   E va bene, allora, se volete fare un paragone tra noi e loro, dovete prendere me!

ROSSANA   E chi altri!

SARA   Io ho fatto l'esatto contrario di mia madre. Lei ha rinunciato a suonare, ha aspettato incazzata tutta la vita mio padre che tornava dai suoi viaggi. Io suono e Mario mi aspetta tutta la vita che ritorno incazzata dai miei viaggi. Cosa è cambiato?

CECILIA   Niente. Incazzata era lei, incazzata sei tu.

GIULIA   Però tu sei una bravissima pianista.

SARA   Sì... ma loro hanno ottant'anni e litigano ancora. Quando li vado a trovare, entro piano, ho le chiavi. Mia madre si è rimessa a suonare, sì, da vecchia, con le mani accartocciate dall'artrosi. E mio padre l'aiuta, le dà lezioni, ci credete? Sento le loro voci. Una volta ho sentito mia madre che piangeva e lui la consolava. Le diceva: "Sei bravissima, Gabriella, alla tua età, sei ancora così brava! Non piangere... come avrei fatto io senza di te? Come avrebbero fatto i figli? Io sapevo che a casa c'eri tu, c'erano loro, e suonavo con tutto questo nel cuore... Anche se eri arrabbiata, mi avevi aspettato...". Ma lei continuava a piangere e diceva che non era vero, che la sua vita era stata un fallimento, che lo diceva solo per consolarla... Allora ho sentito la voce di mio padre, quella che usava per sgridarci quando eravamo piccoli: "Ora basta piangere, Gabriella, non sei una bambina, sei una donna, hai cresciuto i nostri figli, mi hai tenuto testa, e mi chiuderai gli occhi perché non voglio nessun altro accanto a me quando muoio". Lei ha smesso di piangere, e ho sentito che si abbracciavano e si baciavano a lungo, come due ragazzi.

GIULIA   I preti non capiscono nulla delle donne: una donna è vicina alla vita e alla morte. Se hai avuto la vita intorno per tanti anni, e ti sei dedicata a farla crescere, sai quanto poco ci vuole per perdere tutto... Sai già che devi perdere tutto.

ROSSANA   Per questo stiamo meglio noi delle nostre madri, perché ci distraiamo un po' dal pensiero degli altri. Lavoriamo, per non portare tutto il peso che portavano loro. Come lo può capire questo un prete, se neanche Saverio l'ha capito?

SARA Neanch'io, se è per questo... Povero Mario, gliel'ho dato tutto a lui il peso. Se non ci fosse lui, abiterei in un residence, entrerei in una stanza buia, vuota e fredda come la morte. E lui invece mi fa sempre trovare le luci accese, i fiori, la tavola apparecchiata...

ROSSANA Povero Mario...

SARA Povero Mario lo posso dire io, non tu! Gli voglio molto bene, sai, non lo lascio mai senza notizie...

ROSSANA Certo, certo... Solo che a vederle fare a un uomo, tutte quelle cose che hai detto, uno ci pensa a quanto sono state grandi le nostre madri...

CECILIA Però io lo vorrei tanto ora un po' di peso in più, e ho preso soltanto un chilo! L'utero è proprio fabbricato per questo, sapete, si può dilatare di dieci, dodici centimetri, è così elastico! Io mi sento tutta così elastica, pronta a fare tutto: giuro che dopo riprendo a lavorare, che lavorerò anche meglio di prima, farò tutto da sola, non voglio avere nessuno che mi aiuti, non chiedo niente a nessuno, solo vorrei non morire senza...

Sara la ferma. Guardano Giulia che piange in silenzio.

SARA   Giulia non piangere, non fare così...

ROSSANA   Dai, Giulia...

GIULIA   Io non capisco come mio padre non abbia capito nulla... le scriveva delle cose così belle... erano innamorati dei libri tutti e due...

ROSSANA   Perché non ci leggi quella lettera? Io vorrei tanto che ce la leggessi...

Giulia guarda la lettera che ha in mano, poi la tende a Rossana.

GIULIA   Leggila tu, io non posso.

Rossana apre il foglio.

ROSSANA   (*leggendo*) "Un giorno esisterà la fanciulla e la donna, il cui nome non significherà più soltanto un contrapposto al maschile, ma qualcosa per sé, qualcosa per cui non si penserà a completamento e confine, ma solo a vita reale: l'umanità femminile. E questo progresso trasformerà l'esperienza dell'amore..." (*Tende la lettera a Sara*) Leggila tu... Non ce la faccio, mi viene da piangere, non so perché...

SARA   (*leggendo*) "...E questo progresso trasformerà l'esperienza dell'amore, che ora è piena d'errore, la muterà dal fondo, la riplasmerà in una relazione da essere umano a essere umano, non più da maschio a femmina. E questo più umano amore somiglierà a quello che noi faticosamente prepariamo, all'amore che in questo consiste: che due solitudini si custodiscano, delimitino e salutino a vicenda."

Sara cala la lettera. Un silenzio.

CECILIA (*con la voce rotta*) Veramente non capisco come tuo padre abbia potuto scrivere una cosa così meravigliosa sulle donne... e non si sia accorto che quella che gli dormiva accanto non respirava più.

Sipario

Nota dell'autrice

Ho sempre pensato di scrivere per il teatro. La mia esperienza di regista-scrittrice mi ha fatto riflettere sulle distanze e le vicinanze tra le parole del cinema, della letteratura, del teatro, sulla possibile contaminazione tra queste diverse forme di drammaturgia. I registi di cinema e gli scrittori italiani si incontrano sempre più spesso, usano i loro diversi strumenti per arricchire forme e contenuti del racconto. Ritengo che ciò possa avvenire anche per il teatro. Non ho mai creduto che la collaborazione tra le diverse drammaturgie rischiasse di ridurle o omologarle. In tutti paesi nei quali il cinema è vivo, si hanno anche un teatro e una letteratura vitali, testi nuovi, attori di cinema e di teatro che frequentano alternativamente il palcoscenico e il set.

Iniziando a scrivere *Due partite*, ho chiesto aiuto a un mio nume tutelare, Natalia Ginzburg, che mi aiutò molti anni fa a pubblicare il mio romanzo d'esordio: ho preso la sua prima, perfetta commedia – *Ti ho sposato per allegria* – e l'ho messa accanto ai fogli bianchi, sperando che lo spirito anticonformista e ribelle che la animava potesse abitare anche la mia.

INDICE

5 *Atto primo*

49 *Atto secondo*

85 Nota dell'autrice

I libri di Cristina Comencini

LE PAGINE STRAPPATE

"A Roma, in una casa dei quartieri alti, una ragazza s'ammala d'una crisi depressiva. Il bel volto dalle labbra sigillate, il corpo ancora quasi adolescente abbandonato inerte nella penombra, appaiono ai famigliari come un rimprovero, muto, severo, che non sanno spiegarsi. Affiorano allora in superficie, tra i famigliari, conflitti sopiti, gelosie infantili, rimorsi, sentimenti repressi. Da questo interno a più voci, si alza e prende forma il racconto, che essenzialmente è la storia d'un rapporto tra padre e figlia: un rapporto ansioso, doloroso, fatto di ruvide carezze, di confessioni subito interrotte, di reciproca pietà.

Un diario con pagine strappate, un cerchietto d'argento alla caviglia, una fotografia sfocata, sono i pochi indizi di cui l'uomo dispone per ricostruire una vicenda che vede sepolta nel buio. E da quei pochi indizi si delinea ai suoi occhi un mondo a lui sconosciuto: un mondo di emarginati, di esuli, di senza patria, un mondo randagio e brulicante, dove l'innocenza, la violenza e la corruzione si confondono e subiscono lo stesso cupo destino."

Natalia Ginzburg

Super Universale Economica Feltrinelli, pp. 216, € 9,50

PASSIONE DI FAMIGLIA

"Sotto il cono di luce, lanciavano le carte scartate con tutta la rabbia da cui erano possedute: il re di cuori (il principe padre), la dama nera di picche e il re suo compagno (lo zio Ferdinando e la zia Enrichetta), il jack di quadri (il padre innominabile). Personaggi della storia a cui erano asservite come alla partita. Le carte ogni volta sembravano rimettere in gioco il loro destino, ma era una beffa: in realtà se la passavano da una all'altra come la iella."
Come in una partita a poker avventurosa e interminabile, insopprimibile vizio e passione di famiglia, due sorelle scartano e giocano le carte della loro vita, della vita delle loro dieci figlie, dei cinquanta nipoti.
A Napoli, una saga familiare dall'inizio del secolo a oggi, e l'equivoco di un grande amore sullo sfondo di una inarrestabile decadenza.

Universale Economica Feltrinelli, pp. 176, € 7,50

IL CAPPOTTO DEL TURCO

Due sorelle, due perle della stessa conchiglia, due esistenze intrecciate. L'infanzia a Roma in una famiglia borghese, l'adolescenza negli anni in cui la politica era tutto, infine le separazioni e i ritorni dell'età adulta.
Silenzi e confidenze in un serpeggiare mediterraneo di passioni e paesaggi. Fra Isabella e Maria la figura di Mehmet, un esule turco, sfrontato, bugiardo, amato da entrambe, personificazione dell'irriducibile volontà di sogno e libertà di una generazione.

Universale Economica Feltrinelli, pp. 184, € 6,50

MATRIOŠKA

Molte volte c'è bisogno di ascoltare la storia di un altro per capire la propria e ripensarla.
Un racconto di destini incrociati, dove le vicende di una grande scultrice, i suoi rapporti burrascosi, descrivono l'evoluzione di un talento e le rinunce in nome della passione assoluta per l'arte.
La storia di Antonia, una donna monumentale e poliedrica, che contiene tante storie dentro di sé, incastrate una nell'altra come bambole russe, riaccende la vena di una giovane donna che aveva rinunciato alla scrittura.
Un romanzo sulla creatività femminile.

Universale Economica Feltrinelli, pp. 192, € 7

LA BESTIA NEL CUORE

"La prima volta che siamo usciti insieme, parlando mi hai tolto delle briciole di pane dalla maglietta; un'altra volta, avevamo appena finito di fare l'amore, mi hai preso la spazzola dalle mani e mi hai legato i capelli meglio di come avrei fatto io. Quando sistemi la casa lo fai con grazia e senza intenzione. Quando ti muovi sembra che parli. La maggior parte degli uomini che ho conosciuto cercano in ogni modo di nascondere il proprio fisico, oppure sono solo fisici e nient'altro. Ai miei occhi avevi trovato un'armonia impossibile, mi sono innamorata di te subito."

I Narratori Feltrinelli, pp. 216, € 13,50
Universale Economica Feltrinelli, pp. 216, € 7

*Stampa Grafica Sipiel
Milano, gennaio 2007*